Pequeña Masai

Patricia Geis

Combel
EDITORIAL

Había una vez una niña que vivía en Tanzania y se llamaba Pequeña Masai.

Un día Papá Masai le dijo:

—Mamá Masai y yo estaremos fuera toda la tarde y volveremos para cenar.

Cuando la Pequeña Masai vio que sus papás se habían ido, dio un salto y dijo:

—¡Esto es muy aburrido! Iré a dar un paseo, un paseíto, corto, cortito.

Y salió a pasear.

Se subió a una palmera, y se bañó en un río.
Jugó con un pez azul y con otro amarillo.

Y al salir del agua se encontró con un marchante, alto, rubio y distinguido, que con acento extraño, le dijo:

—Buenas tardes, Pequeña Masai. ¿Has visto *pog* aquí a un elefante?

—¡No, no, señor, no lo he visto!

—¡Oh la la, que *impgevisto*! —dijo. Y se fue con sus bártulos a otro sitio.

La Pequeña Masai se quedó un poco sorprendida ante semejante visita, y fue rápidamente a avisar al elefante de que alguien le estaba buscando.

—Gracias, gracias, amiga mía —dijo el elefante al saber la noticia—. Este marchante malvado está empeñado en convertir mis pobres colmillos en cajas, pulseras y grandes anillos. Me voy corriendo, corriendo a avisar a mi tribu.

Y en el camino de vuelta, la Pequeña Masai se volvió a encontrar con el marchante:

—Buenas tardes, Pequeña Masai. ¿Has visto *pog* aquí a un *rinocegonte*?

—No, no, señor, no lo he visto.

—¡Oh la la, que *impgevisto*! —dijo. Y se fue con sus bártulos a otro sitio.

Y la Pequeña Masai fue rápidamente a avisar al rinoceronte de que alguien le estaba buscando.

—Gracias, gracias, amiga mía por avisarme —dijo el rinoceronte al saber la noticia—. Este marchante pesado está empeñado en convertir mi pobre cuernecito en un mango de cuchillo, eso sí, con mucho estilo. Me voy corriendo, corriendo a avisar a mi tribu.

Y casi llegando a su casa, la Pequeña Masai volvió a encontrarse con el marchante.

—Buenas *tagdes*, niña. ¿Has visto *pog* aquí a un *cocodgrilo*?

—No, señor, no. No lo he visto.

—¿Pues, sabes qué? —dijo—. Que me voy. Vaya timo. Sin *cocodgrilos*, *rinocegontes* y elefantes esto es muy *abugido*. Y además, está lleno de mosquitos.

Y se fue por donde había venido.

La Pequeña Masai se apresuró a llegar al río
y gritando llamó al cocodrilo para contarle
lo sucedido.

—Gracias, gracias, amiga mía —dijo el cocodrilo—.
Este marchante se ha obstinado en convertirme en un
bolso y en un par de zapatos muy, muy caros.
Me voy corriendo, corriendo a ver si es verdad
que se ha marchado.

Y al ir a coger el camino de vuelta,
la Pequeña Masai se dio cuenta de que de tanto
ir y venir, se había perdido. Se sentó en una roca
y se puso a llorar.

Y al oír los tristes lloros, se asomaron por entre los árboles una jirafa y tres monos:

—¿Qué pasa, qué pasa? —preguntó la jirafa—. Tú debes ser la Pequeña Masai, me lo ha dicho un pajarito, que has salvado al cocodrilo, al elefante y al rino. ¿Por qué lloras? ¿Te has perdido? Sube, sube.

La Pequeña Masai subió por el cuello de la jirafa. Y cuando llegó arriba del todo, donde hacía mucho frío, miró a la derecha, a la izquierda y al frente, y allá al fondo, tras la montaña, vio su poblado, ¡su casa!

Y bajó como en un tobogán hasta el lomo de la jirafa y ésta le dijo:

—¡Agárrate, monada!

Y empezó a correr y correr por entre los árboles de plata.

Al llegar al pueblo la dejó, con cuidadito, en la entrada.

—Adiós, amiga.

—Adiós, jirafa.

Y la Pequeña Masai llegó justo a tiempo
de cenar en casa.

más información

Masai: reciben el nombre del lenguaje que hablan, el Maa. Los masai de Kenia y Tanzania subsisten del pastoreo de vacas. Se especula mucho sobre su origen; algunos creen que los masais son descendientes de una tribu perdida de Israel, mientras otros creen que son un cruce entre los Nilotes (gente de la región del Nilo) y los Hamitas (originarios del norte de África).

La relación tan estrecha de los masai con la naturaleza se debe a su adoración a Engai, el dios del cielo y la tierra quien les proporciona las vacas. De estos animales depende la vida de los masais: beben su sangre y su leche, comen su carne, aprovechan sus cuernos para hacer recipientes, las pezuñas como ornamentos y los pellejos para hacer ropa, calzado y lechos.

© Patricia Geis

© Editorial ESIN, S.A.

Tel.: 93 244 95 50 - 08013 Barcelona

Edición: marzo 2001

ISBN: 84-7864-350-8   Depósito legal: B-12171-2001

Impreso por Ferré Olsina, s.a. - Barcelona